나마스테! 히말라야

임 병 걸

1962년 서울 출생
고려대 법학과 졸업
서강대 대학원 신방과 석사
1987년 KBS 기자로 입사
도쿄 특파원, 경제부장, 사회부장
〈일요진단〉 앵커
현 KBS 방송문화연구소 연구원

나남시선 78

임병걸 산행시첩

나마스테! 히말라야

2010년 12월 1일 발행
2010년 12월 1일 1쇄

저자_ 임병걸
발행자_ 趙相浩
발행처_ ㈜ 나남
주소_ 413-756 경기도 파주시 교하읍
        출판도시 518-4
전화_ (031) 955-4600 (代)
FAX_ (031) 955-4555
등록_ 제 1-71호(79. 5. 12)
홈페이지_ www.nanam.net
전자우편_ post@nanam.net

ISBN 978-89-300-1078-8
ISBN 978-89-300-1069-6 (세트)
책값은 뒤표지에 있습니다.

나남시선 • 78

임병걸 산행시첩

나마스테!
히말라야

나남
nanam

언어의 붓으로 그린 산
나는 왜 산을 노래하는가?

10여 전부터 산은 내 삶의 일부가 되어 버렸다. 부득이한 일이 없는 한 나는 매일 아침 동네 뒷산에 오르고, 주말에는 반도의 이 산 저 산을 오른다. 가깝게는 북한산에서 멀리는 한라산과 설악산, 드물지만 한 해 한 차례 정도는 해외의 산을 오르기도 한다.

그러니 잠자는 시간을 빼면 적어도 내 삶의 5분의 1 정도는 산에서 보내고 있는 셈이다.

산을 오르는 일은 언제나 즐겁고 경이롭다. 매번 오르는 산이지만 언제나 똑같은 모습을 보여주는 적이 없다. 봄에는 온갖 초록빛들이 앞다퉈 산을 물들이고 여름에는 풍요로운 숲의 향연에 흠뻑 취한다. 가을에는 온 산 붉게 물들고 겨울 산의 순백미에 숨이 막힌다.

새벽어둠이 걷히면서 조록을 되찾는 산길은 영혼까지 푸르게 물들이고, 한낮의 계곡은 온갖 살아 숨 쉬는 것들이 뿜어내는 생의 찬가로 야단법석이다.

해가 뉘엿뉘엿 지고 어스름 땅거미가 찾아오는 저녁의 산은 엄숙하고, 별이 쏟아지는 산속의 밤은 도회지의 밤과 사뭇 다르다. 비 오는 날 나무들이 녹여내는 진한 공기에 코끝이 아찔하고, 눈이 펄펄 내리는 날 산행은 순결한 땅을 처음 밟는 기쁨에 가슴 벅차다.

언제 찾아도 어느 곳을 찾아도, 홀로 찾아도 혹은 무리지어 찾아도, 기쁠 때나 슬플 때나 우울할 때나 심신이 피곤할 때나 산은 언제나 위안이고 즐거움이다.

처음에 나는 이 아름다운 산을 화폭에 담고 싶었다. 아름다운 꽃과 푸른 잎, 지저귀는 새와 졸졸졸 흐르는 계곡물과 장쾌한 바위, 그 틈에 자라는 이끼, 봉우리에 걸치는 구름과 자욱이 깔리는 안개, 산에 내리는 엄숙한 어둠, 봉우리에 그리움으로 쏟아지는 별 … 이 모든 것을 섬세하게 그리고 싶었다.

그러나 하늘은 내게 그림 그리는 재능을 주지 않았다. 하는 수 없이 이 풍광을 사진에 부지런히 담기도 했다. 그러나 사진은 섬세하지만 그때 그곳에서 느꼈던 내 감정을 옮기기에는 무언가 허전하고 무미건조했다.

발터 벤야민의 표현을 빌리자면, 복제된 사진에는 '아우라'가 없었다. 산이 지닌 아우라! 어쩌면 필름에 담는 실력 부족 탓도 있었으리라.

그래서 언어의 붓으로 그려야겠다는 생각을 했다. 하늘이 인간에게 준 가장 위대한 도구 언어로 이 꿈틀꿈틀하는 산을 속살까지 그려야겠다고 생각했다. 내가 붓끝으로 화폭에 옮기고 싶었던 것들, 내가 카메라 앵글을 들이대고 싶었던 피사체들에게 언어의 셔터를 누르기로, 언어의 물감을 칠하기로 마음먹었다.

산에 갔다 오면 많은 사람들에게 내가 받았던 그 감동, 그 즐거움을 전해 주고 싶은 욕심도 있었다.

많은 사람들이 월요일이면 이런저런 얘기를 하다가 "주말에 어디 산에 다녀왔어요? 어땠어요?"라고 묻곤 한다. 그럴 때마다 나는 "좋았지요! 아주 좋았지요"라고 운을 떼고 입에 침이 고일 때까지 내 기억에 남아 있는 이미지를 되살려내곤 한다. 그러나 설명도 한두 번이지 무언가 아쉽고 부족한 느낌이 들었다. 산에서 받은 이 무형의 선물을 어떻게 하면 다른 사람들에게도 나눠줄까, 산에서 느낀 이런저런 생각들을 어떻게 하면 부서뜨리지 않고 마음속에 간직할까. 그래. 시를 쓰자, 에세이를 쓰자. 그러니까 이 시는 산에 오르면서 내 눈에 들어온 산 식구들의 집합이다. 산에 오르면서 내 머리에 떠오른 상념의 묶음인 셈이다.

그러나 이 시들은 산을 매개로 한 무슨 거창하고 심오한 철학을 담은 글은 아니다. 산을 통해 우주의 근원과 진리, 삶의 **본질**을 탐구해보려는 존재론적, 인식론적 고뇌를 담은 것도 아니다. 청년 비트겐슈타인의 표현을 빌린다면, 나는 그저 말할 수 있는 산을, 내 눈에 보이는 산을, 언어, 그것도 시어라는 언어를 통해서 그림처럼 그려내고 싶었을 뿐이다.

말할 수 없는 것, 미학적으로 윤리적으로 종교적으로 나의 내면에 차오르는 산에 대한 사유를 그려내는 데까지는 이르지 못했다. 아니, 젊은 비트겐슈타인의 단호한 생각처럼 감히 말할 수 없는 영역을 말하느니 침묵하는 것이 타당하기 때문일 수도 있겠다. 내가 어찌 산이 지니는 그 심오하고 깊은 철학과 윤리와 종교를 이 짧은 언어와 졸렬한 사유로 말할 수 있단 말인가?

사실 산에 오르는 이유는 누구나 복잡한 사유의 굴레, 생활고의 굴레를 벗어나고 싶은 것이고, 나 또한 산에서는 언어의 짐이든, 물질의 짐이든, 관계의 짐이든 모든 것을 내려놓다 보니 심오한 철학적 사유를 하지 못하는 것이 사실이다. 오히려 어린애처럼 맘이 뛰놀고 여기저기 벌러덩 누워 쉬고 싶을 뿐이다. 그저 눈에 들어오는 풍광과 그 풍광에 겹쳐오는 상념들을 소박한 언어로 그린 것에 불과하다. 그림으로 말하자면 존재론적 고뇌를 담은 추상화가 아니라 그저 담담하게 풍광을 그린 수채화나 수묵화쯤 될 것이다.

또 묘사의 수준도 조악하기 그지없다. 전문적으로 시를 쓰는 분들이 보면 느슨한 시적 긴장이나 언어의 밀도, 나이브(naive)한 수준의 은유와 상징이 몹시 거슬릴 듯하다. 산을 좋아하고 산을 사랑하는 사람이 산에 바치는 헌시로 너그러이 이해해 주시기 바란다.

허접한 시를 모아 세상에 내놓은 바람은 아주 간단하다. 보다 많은 사람들이 산을 찾아 무한 질주하는 자본의 세상에서 상처받은 몸과 마음을 위로하고 새로운 삶의 기운을 충전하라는 것이다. 브레이크 없이 페달을 밟아온 격동의 근대사에서 압축성장은 너무 많은 상처와 그늘을 우리 사회와 개인에 남겨 놓았다.

양극화, 물신화, 미래에 대한 불안, 실직, 각종 질병, 가정의 해체, 노령화, OECD 국가 중 가장 높은 자살률⋯ 일상에서 헤어날 길 없는 이 멍에들을 잠시 벗어던지고 산으로 들어가길 바란다. 그곳에 위안이 있고 가르침이 있다. 법정 큰스님의 말씀처럼 산에서는 아무것도 하지 않고 가만히 귀 기울이고만 있어도 좋다.

법정스님은 산을 이렇게 노래하셨다.

산은 단순한 자연이 아니다. 산은 곧 커다란 생명이요, 시들지 않는 영원한 품속이다. 산에는 꽃이 피고 꽃이 지는 일만이 아니라 거기에는 시가 있고, 음악이 있고, 사상이 있고, 종교가 있다. 인류의 위대한 사상이나 종교가 벽돌과 시멘트로 된 교실에서가 아니라 때 묻지 않은 자연의 숲속에서 움텄다는 사실을 우리는 상기할 필요가 있다.

거대한 땅도, 한 방울 기름도, 풍요로운 자원도 내리지 않은 한반도에 하늘이 준 최고의 선물이 있다면 두말할 나위 없이 산! 산이다.

무릎이 닳아 더 이상 산을 오를 수 없을 때까지 산에 오르고 싶다. 언제 찾아도 말없이 넉넉한 가슴으로 나를 안아 준 이 땅의 모든 산, 삶에 지친 내 영혼과 육신을 위로해 준 산, 그 모든 산들에게 이 시집을 바친다.

그리고 묵묵히 주말마다 산으로 가는 남편을 이해해 준 아내에게도.

2010년 11월
임 병 걸

임병걸 산행시첩

나마스테! 히말라야

차 례

제2부 겨울

제4부 여름

제1부

가을

가을 미천골

2010. 09. 25

가을 덮어놓은 미천골
끄트머리 슬쩍 들추니
온몸으로 달려드는 물소리
앞서가는 물 숨 돌릴 틈도 없이
두들기고 올라타는 뒷 물줄기
뒤엉키며 솟구치는 허연 물보라
가진 것 한꺼번에 내려놓은 나무들 아우성

팽창하던 봉우리 몸집 줄이고
계곡 바싹 끌어안을 시간
한 방울까지 움켜쥐던 뿌리도
물방울 흘려보낼 시간
여름내 포식으로 굵어졌던 몸통도
단식에 들어갈 시간
하늘로만 기어오르던 잎새도
뿌리를 내려다 볼 시간
꼿꼿하던 열매도 고개 숙일 시간

미천골에서는 나지막이 얘기하고 천천히 걸을 일
함부로 나무들과 너나들이하지 말 일
온몸 분주히 덜어내고 있는 나무들 방해하지 않도록
혹은 당신도 마음 뒤집어
꾸들꾸들해지려는 곳간 모두 비우던지

설악산의 가을

2008. 10. 11

하늘하늘 코스모스 배웅받으며
접어든 백담사 계곡
푸른 물 빨아들여 붉게 타오르는 단풍
타다 만 엷은 단풍이 핏빛 단풍보다 고와라
노랑 주황 빨강 단풍에 쏟아지는 가을 햇살
대청봉 향하는 걸음걸음 밝히는 청사초롱

가을 찬바람 맞아 시퍼렇게 멍든 계곡물
그 물 여름내 빨아들여 푸르렀던 잎새들
행여 추울세라 뜨겁게 제 몸 달궈
푸른 물에 떨어지니 이내 포근해지는 수렴동 계곡물

부처계신 봉정암 가까울수록 가팔라지는 계단
흰 머리 할머니 칠십 평생 업을 짊어지니
빌길음 천근만근 심장은 두근두근
주름 깊은 얼굴에 송골송골 맺히는 땀방울
"부처여! 어디 계십니까?

가쁜 숨 몰아쉬는 그대가 부처니라!"

일찌감치 욕망 벗어버린 소청의 철쭉
죽어서도 늠름한 중청의 고사목 지나
송곳바람 부는 대청 오르자 발아래 파도치는 봉우리
뼛속 파고드는 대청의 푸른 기운
머리 드니 하늘 푸르고 굽어보니 바다 푸르러
비바람 부대껴도 눈보라 시달려도
크게 푸른 봉우리 대청봉

동해 푸른 물에 먹빛 어둠 풀리자
붉은 태양 솟구치던 자리 노란 보름달 솟고
멀리 해안가 하얀 전깃불 하나둘 깜박깜박
어부들 삶도 깜박깜박
산행 지친 내 눈동자도 깜박깜박

강천산의 가을

2008. 10. 18

잔잔했던 계곡에 붉은 단풍 떨어지니
화들짝 놀란 송어떼 텀벙텀벙
손가락만 한 버들치 덩달아 요리조리
가을 강천산 계곡은 쓸쓸할 틈 없네

느티나무 단풍나무 복자기 앞 다퉈 붉어진 곳
맨발로 거닐면 발바닥에 전해오는 서늘한 가을
하늘 맞닿은 봉우리에선 실타래로 쏟아지는 폭포
허공에 걸어놓은 무지개가 영롱해라

도선국사 세우신 강천사 들어서자
아름드리 감나무 뒤덮은 붉은 감 수천 개
부처님 오신 날 걸어놓은 사부대중 소원
주렁주렁 매달려 벌겋게 익어가고
늙은 모과나무에선 노랗게 익어가고

강천사 염불소리 흩어지는 돌계단 따라 하늘로 오
르니
흔들흔들 현수교 다리도 후들후들
깎아지른 벼랑길 숨이 헉헉 넘어갈 즈음
푸른 솔숲새 홀연 나타난 전망대
배춧잎처럼 겹겹 맑은 계곡 에워 싼 봉우리들
정상에 붙은 불 어느새 옮겨 붙은 내 마음도 후끈후끈

지리산 숲길

2008. 10. 25

솔내음 머금은 이정표 따라
고추밭 고사리밭 지나
구절초 하늘대는 돌담길 접어드니
내딛는 걸음 눈길 주는 곳마다 끈적이는 사람내음

붉나무 단풍나무 산화하는 숲길
나뭇짐, 볏짐, 소달구지 몰고 장보러 가던 이
시집가던 꽃가마, 황천가던 상여
잡초 속 묻혀있던 옛날이야기 스멀스멀

인적 끊겼던 숲길 사람내음 그리워
솔잎 참나무잎 솜이불로 깔아놓은 길
발끝에 전해오는 숲의 설렘

한여름 이글거리던 햇볕
어디 숨었나 두리번거리니
온몸 태양보다 붉어진 감에 주렁주렁

한여름 꽃향기
어디 날아갔나 두리번거리니
노랗게 웃고 있는 산국화 꽃잎

천왕봉 반야봉 치맛자락 펼쳐
생명 키워낸 덕지덕지 다락논 지나
거북등처럼 굽은 등구재 넘으면
떡 벌어진 몸통 하늘 찌르는 아름드리 느티나무
비바람 천둥벼락에 몸 부서져도
마을 지켜온 당산나무
숙여지는 고개 모아지는 두 손

정선 민둥산

2009. 10. 16

꼿꼿한 낙엽송 무등타고
어물쩍 하늘 오르던 담쟁이
찬바람 한줄기에 그만 겁이 더럭
서둘러 벌겋게 타오르고

하늘 향해 오르던 소나무 참나무도
숨 가빠 멈춘 곳
가냘픈 줄기로 기어이 정상 뒤덮은 억새
하늘도 바람도 안개도 모두 내 것

민둥산 훑는 바람 거셀수록
가을 햇살 온몸에 퍼져
능선타고 끝없이 번지는 은빛불똥

하늘로 오르고 싶은 욕망
사력 다해 푸드득거려보지만
몸은 자꾸 옆으로만 기울고

바랜 은빛꽃잎 사이 뭉게뭉게 솟아나는 솜털구름
가만히 두 손에 움켜쥐니
몸은 어느새 하늘로 두둥실

유명산의 가을

2009. 10. 31

신갈나무 단풍나무 산벚나무
뿌리 한구석 감춰두었던 물방울
미련 버리고 풀어주니
바싹 여윈 가을산에 철철 흐르는 물

산 아래 이골저골 제 흥 못이긴
나무잎새 벌겋게 가을이 타들어 가는데
능선 위 봉우리엔 일찌감치 잎 떨군 나무들
맨 몸으로 바람죽비 맞으며 치열한 동안거(冬安居) 중

바닥 수북 뒹구는 낙엽
곰비임비 쌓여 푹신한 이불 만들어
제 몸 잉태해 준 대지에 찾아올 추위
온몸으로 미리 감싸 안는 반포보은

더러 시퍼런 계곡물에 떨어진 낙엽
지난여름 온몸 흠뻑 젖던 아련한 기억 되살아나

추운 줄도 모르고 이리 일렁 저리 출렁
낙엽 하나 떨어지면 지난여름 전설도 하나씩 스러지고

사방의 벗들 붉은 잎 떨구어도
소나무 전나무 사철 푸른 나무
헤어짐 아쉬워할 틈도 없이
푸른 잎새 쏟아지는 가을 햇살 한 토막 움켜쥐네

가을 깊어가는 유명산은
나무들 저마다 뿜어내는 색채들
교향악으로 울려 퍼지는 콘서트홀

늦가을 북한산

2009. 11. 07

타오르던 잎 재 되어 뿌리로 돌아간 자리
사람들은 이제 안식에 들었다 말하지만
푸르던 여름부터 가슴 속 몰래 키웠던
새 생명은 이미 고개 삐죽

기나긴 겨울밤도
제 몸 뿌리박은 바위처럼 굳세게 버텨
새 봄 열어젖힐 꿈 대롱대롱

탈진한 나무들 세찬 바람에 윙윙 흔들려도
아직 젊음은 끝나지 않았네
한여름 싱싱함 간직한 이끼
사방이 붉어지니 더욱 푸르러

뿌리 덮어주는 낙엽도
주렁주렁 붉은 열매 없어도
모든 열정 푸르름에 바치노라면

외로움 느낄 틈 없는 소나무

북한산 가을 깊어만 가도
군데군데 꺼지지 않는 생명의 불씨

나마스테! 히말라야

2008. 11. 28~12. 04

창공으로 솟구쳐 오르면
푸른 것은 하늘 흰 것은 구름인 줄만 알았더니
난데없이 구름 뚫고 우뚝 솟은 흰 봉우리들
은빛사슬 끝없이 이어지는 눈들의 거처 히말라야

이윽고 내린 카트만두
비좁은 거리 뒤덮은 시커먼 자동차 연기
매연보다 더 매캐한 가난의 비린내
하늘은 가장 낮은 곳 더럽게 사는 사람들 위해
가장 높고 순결한 히말라야를 내려주시다

카트만두 가로지른 좁다란 강 '바그마티'
히말라야 눈 녹은 물 흘러내리는 '갠지스' 강의 뿌리
끝없이 타오르는 화장터 연기
이 땅에 고닳췄던 육신 불 태워져 구정물에 뒹굴어도
히말라야 신들 깨끗한 눈물 내려 천국으로 인도하
시다

안나푸르나 가는 길
포인세티아 부겐베리아 붉은 꽃에 눈길 한 번
한겨울에도 푸른 '랄리굴라스' 잎새에 발길 한 번
지구 동쪽 먼 곳에서 온 나그네 낯설다
원숭이들 나무에서 펄쩍펄쩍
까마귀들은 허공을 빙빙

가파른 산등성이마다 깎아지른 다랑논
아버지의 아버지 할아버지의 할아버지
억센 나무 굵은 자갈 맨손으로 뽑아
떡시루처럼 켜켜이 만들어 간 삶의 터전
다랑논 하나 늘어갈 때마다 이마에도 하나씩 패여
가던 주름
감자수수 심어놓고 흘린 땀방울 눈물방울 아롱아롱
그 눈물로 적셔 키워 낸 곡식들, 자식들
올려다볼수록 고개 숙여지는 엄숙한 삶

산등성이 끝없이 이어지는 아스라한 길
신들을 만나러 가는 길은 정녕 좁은 길이어라
히말라야 보듬었던 맑은 물 철철
산행에 지친 발 담그니 뼛속까지 저려오는 한기
핏줄타고 심장으로 역류하는 성스런 기운
그 옛날 생로병사 고통 끊어내려
목숨 걸었던 부처님 불같이 타오르던 육신도
이 물로 식혔으리
속세에서 더럽혀진 영혼 씻어내야
비로소 다가설 수 있는 신들의 땅

그대들 내 얼굴 보려거든
붉은 욕망 검은 미망 벗어 던지고 오직 흰색으로
오라
나 오직 흰 눈으로만 덮여 있느니
달아오른 태양 내 몸 간질여도 순백의 이불 벗을 수
없어라

속세의 더러움과 섞일 수 없나니
　살을 에는 추위는 너와 내가 만나기 위해 치러야
하는 합혼례

　이마에 질끈 무거운 짐 짊어지고
　타박타박 걸어가는 포터들
　송골송골 땀 맺혀도
　온화한 미소 번지는 얼굴에 어리는 히말라야 만년설
　등짐보다 더 무겁게 어깨 누르는 삶의 무게
　내세에는 짐일랑 훨훨 벗어 던지고 구름처럼 바람
처럼 살리라
　나마스테! 두 손 모아 신들께 올리는 기도

　보부상 여인 비료포대 하나 가득 담긴
　옷가지, 인형, 잡동사니 알록달록
　빨간 양말 세 켤레 정성스레 고르는 나이 든 짐꾼
‘껄빌’

이리 고르고 저리 만지작
배낭보다 더 묵직한 가장의 무게
사랑하는 내 아들아
에미는, 애비는 이 밤 네 몸보다 무거운 봇짐, 등짐
머리에 이고 지고 '따또파니' 고갯길을 넘는다

헐떡이며 오르는 고갯마루 심장 박동보다 더 펄럭
이는 오색 깃발들
순백의 봉우리 향해 나부끼는 깃발에 아로새겨진
비원
바람 거칠수록 신께 드리는 기도는 간절해라
신이시여! 허락하신 이 짧은 삶
숨 거둘 때까지 이 깃발처럼 힘차게 펄럭이다
저 바람 속에 저 눈 속에 흔적도 없이 미련도 없이
사라지게 하소서

히말라야에 어둠 내리면
멀리 산꼭대기 깜박이는 전등불
오히려 칠흑어둠이 실감나라
양들도 당나귀도 집 찾아 고단한 몸 누이고
하늘에는 시나브로 별들이 아우성
오리온자리, 전갈자리, 카시오페아…
히말라야 깊은 산 중
어슴푸레 떠오르는 어릴 적 별 헤던 밤

제 몸 불살라 히말라야 신 지키던 수호신들
별들도 어둠 밝히느라 지칠 즈음
벌겋게 동편 달구며 떠오르는 태양
하늘 가까운 봉우리부터 붉게 살아나는 성스런 기운
'다울라기리' '안나푸르나' 잠들었던 물고기 '마차푸
차레'도
태양이 불어넣은 숨결에 비늘 퍼덕이며 되살아나네

가쁜 숨으로 어둠 몰아내며 '푼힐 전망대' 오른 사람들
하늘과 땅 태양과 히말라야 신들이 빚어내는
황홀경에 가슴은 펄떡펄떡 하얘지는 머릿속
그만 할 말 잊고 나지막이 읊조리는 나마스테! 히말
라야

눈부셔 차마 똑바로 쳐다보지 못하던 봉우리
이윽고 태양도 지쳐 붉게 기울어가며 신들의 몸뚱
이에도 붉은 물들여
아쉬운 이별 정표로 남겨두니
이제 숨을 거둬 바다에 떨어져도 서럽지 않아라
내일 또 붉은빛으로 찾아오리니

'마차푸차레' 신들 구름에 갇혀 답답하더니
구름 나들이산 사이 세상 소식 그리워
'포카라' 호수 맑은 물위에 슬그머니 그림자 드리우고
일렁일렁 흥겨워 춤추시다

어떤 이는 히말라야 오르기 위해 의지와 애정이
필요하다 했다지
'안나푸르나' 가는 길에는 눈물과 참회도 필요해
우러를수록 커지는 봉우리
내려볼수록 오그라드는 몸뚱이
마침내 형체도 없이 녹아 히말라야에 한줌 먼지로
스러지고파
히말라야에서는 잘난 사람도 못난 사람도 그저 티
끌이어라

가파른 산등성이 오르락내리락, 출렁이는 외줄다리
건너
내가 본 것은 장엄한 봉우리뿐이 아니었네
내 몸 안 덕지덕지 붙어있는 더러운 욕망 비루한 집착
보았네
지친 다리 끌고 내려가는 나그네

시원한 바람에 들려 보내주신 히말라야 신들의
작별인사
그대 아름답게 태어나 아름답게 가고 싶은가!
내려놓으라, 벗어놓으라
동쪽 끝 작은 나라에서 온 사람아
오직 맨 몸으로 살라

휘적휘적 내려오는 길, 다리는 앞으로 나가는데
고개는 자꾸만 뒤로 주억주억
몸은 이제 돌아가지만 마음 한 자락은 베어놓고
가리니
다시 만날 그 날까지
나마스테! 히말라야 산들이여
나마스테! 히말라야 신들이여

숲

2010. 09. 18

감기에 걸려 비실대는 아이
손잡고 숲으로 들어서자
발그레 꽃볼에서 쏟아지는 말

가로등 나무가 있으면 좋겠어요
잎새마다 야광 번쩍거리는
선생님 나무가 있으면 좋겠어요
궁금한 것 잎새마다 답을 주렁주렁 매다는
나무로 된 자동차가 있으면 좋겠어요
숲향기 맡으면서 달릴 수 있게
나무가 쭉쭉 뻗기만 하면 재미없잖아요
저 소나무 춤추는 모습도 가지가지에요
그러던 아들녀석
만발한 장미꽃을 보고는
사람은 자연처럼 아름다운 꽃 만들 수 없어요
사람이 원래 숲 속에 있었는데
이젠 숲을 찾아오니 씁쓸해요

숲은 아이들 상상력 발전소
숲은 어린이 철학교실

숲 2

2010. 09. 29

숲은 무료 충전소
도심 속 누런 공기에 시든 폐에는
나무들 즉석 제조한 푸른 공기
숨차게 달리다 타는 목에는
산소 듬뿍 갈아 넣은 계곡물 빙수
소음 덕지덕지 먹먹해진 귀에는
물소리 바람소리 천연 진공청소기

충전시간도 24시간 편의점
새벽부터 밤까지
문 활짝 열고
코드도 플러그도
요금표시기도 없이 온몸이 충전구멍
단, 충전은 셀프서비스

계산서도 청구서도 없고
여러 번 온다고 흘기는 법 없고

아무리 퍼주어도 생색내는 법 없어
단골이라고 덤 더 주는 법도
첫손님이라고 호들갑 떠는 법도 없이
언제나 한결같이

또 오라 눈웃음치지도 않고
뜸하다 기별 전하지 않고
언제나 그 자리에서
창고 빈 물건 묵묵히 채워넣는
고객감동 서비스

늦가을 북한산 2

2009. 11. 21

도심 속 아스팔트
가을 잔해 씻어 내린 찬비
북한산 봉우리에선
겨울 감싸는 흰 눈으로 소복소복

이리 뒹굴 저리 뒹굴
마음 둘 곳 없던 마른 낙엽
소금 절인 배추처럼
흰 눈에 절어 곤히 잠들고

겨울 가뭄에 물 한 모금 아쉽던 소나무
하늘이 내려준 눈
송이송이 한 숟갈씩 물고는
싱글벙글 다물지 못하는 입

소복이 흰 눈 덮인 산길
한 발 디딜 때마다 선명한 겨울의 지문
되돌아보니 뚜렷한 삶의 발자취

산 그리기

2010. 10. 09

주말이면 내 품 파고드는 사람들
제 아무리 눈 크게 떠도
내 몸 한 귀퉁이 담아갈 뿐
이 골 저 골 헤매고 다녀도
내 몸 한구석 머물다 갈 뿐

어느 날 자그마한 여인
옆구리에 흰 천조각과 붓 몇 자루 끼고
내 앞에 턱 주저앉더니
쓱싹 붓질 한 번에 내 몸 통째로 빨아들이고
쓱싹 또 한 번에
내 몸 아로새겨진 세월의 문신도
이글거리는 내 마음 속까지 훔쳐가 버렸네

산 아래 고물거리는 사람들 하찮게만 여기넌 내가
작은 여인 부드런 손아귀에 질질 끌려
사방 두 뼘 천조각에 오롯이 사로잡히다니

사랑도 이런 것일지 몰라
한 사람 눈길 한 올에 온몸이 빨려 들어가는 것
그 사람 목소리 한 자락에 온 영혼이 녹아들어가는 것
그 사람 가슴 한구석에 정물화로 들어박혀
옴짝달싹 못하는 것

제2부

겨울

오봉산 눈

2010. 02. 19

형체도 없이 먼지로 물방울로
이 하늘 저 하늘 기약 없이 떠돌다
이 겨울 마침내 하얀 몸뚱이 받아
내려앉은 오봉산

헐벗은 봉우리 얼싸안고
깊은 잠 빠져든 정착의 나날
문득 따사로운 햇볕에 다시 녹아내리는 육신
멀리 넘실대는 소양강 푸른 물도
빨리 오라 손짓하니
이제 허연 육신의 허물 벗어던지고 다시
물로 돌아갈 날 다가오네

허나 소양으로 흘러들기 못내 서운한 눈들
뿌리로 파고들어
강퍅했던 오봉의 흙 흐물흐물 녹여놓고
푸른 새싹으로 환생하리

더러는 줄기타고 꽃망울로
애면글면 기어올라
부드런 바람 오봉을 휘감는 날
노란 산수유로 붉은 진달래로
하얀 목련으로 피어나리

아니면,
한강으로 흘러들어 서해바다로 나가서는
더운 여름날 파도로 솟구쳐
구름 되어 떠돌다가
흰 몸 한번 더 얻어 오봉으로 되돌아오리

남한산성

2010. 01. 24

부끄러운 삶도 떳떳한 죽음도
한줌 거름으로 묻혀
찬바람 몰아칠수록 의연한 소나무
아름드리 몸통으로 푸른 잎으로 환생했네

그 날의 비극 말없이 지켜 본 향나무
4백 년 세월 억척스레 간직했다
어루만지는 손길에 토해놓는 진한 설움향기

통한의 눈물 아롱아롱
푸른 이끼로 되살아 난 성곽
그 날의 흔적 더듬으려 눈감는 순간
뻥 뚫린 구멍 너머 잿빛 아파트 환영만 어른어른

박새 한 마리 꽁꽁 언 바람 가르며 포르르
손 끝 사뿐히 내려앉으니
차가운 손가락에 전해오는
우주의 따뜻한 온기

겨울 구기동 계곡

2009. 12. 20

겨울이 와락 덮친 계곡
오돌오돌 떨던 나무
그만 숨도 멎어 사방은 심연보다 깊은 고요

좁다란 물길은 지레 겁먹어
바싹 마른 몸통 드러내고
주춤주춤 흐르던 물도
허옇게 질려 생을 마칠 즈음

얼어붙은 벗들 껍질
더러는 안으로 파고들고
더러는 위로 타 넘어
옹골차게 흐르는 물

강물로 흘러 너른 바다 이르려면
이따위 추위 두려울까
얼음 위로 쏜살같이 미끄러지는 물

찬바람 몰아 덜미 잡으려던
겨울도 그만 멍하니 바라보니

계곡 뒤흔드는 물소리 따라
바스락대는 낙엽 지저귀는 새소리
는적거리던 겨울 북한산이 스멀스멀

민주지산과 물한계곡

2009. 12. 12

백두대간 겹겹 두른 웅장한 봉우리
굵은 주름 허연 속살 들추니
삼도에서 쏟아지는 맑은 물
쉴 틈 없다 이름 붙여진 물한(勿閑)계곡

겨울에는 풀 죽었으리 지레 넘겨짚자마자
귓전을 때리는 거센 물소리
물한계곡 빈말 아님을 겨울에야 비로소 알겠네

밤새 내린 찬비에 꽁꽁 언 낙엽
햇살에 몸 녹아들며 환해지는 얼굴
어렴풋이 살아나는 여름날의 추억

삼도에서 몰아치는 우악스런 바람에
신갈나무는 이리 비틀 저리 뒤틀
일그러진 몸뚱이 바로 서지 못해도
곧추 선 삶의 의지 꺾을 수 없어라

다사로운 햇살 질척거리는 발길
기세등등하던 겨울 온 데 간 데 없어
갸웃거리던 순간 눈앞에 펼쳐진 눈꽃
철쭉 얼음꽃에 근근이 매달린 겨울의 체면

충청, 전라, 경상 아우르는 삼도봉은 백두대간 품고
아스라이 덕유에서 굽이쳐 온 소백
황학으로 내닫기 전 민주지산에서 숨 고르니
여기는 백두와 소백이 한 데 얼려 용틀임하는
반도의 정수리

지장산 설제(雪祭)

2008. 02. 17

사람 기척 아스라한 지장산 계곡
저벅이는 등산화에 화들짝 잠깨는 산하
나물 파는 할머니 주름진 두 눈도
덩달아 휘둥그레

쪽 곧은 잣나무 열병하듯 늘어선 등성이
무명포 펼쳐놓은 양 굽이굽이 이어지는
등산로 휘돌아 마침내 오른 향로봉
가쁜 숨 허옇게 토해내는 입김
불상 앞 피어오르는 향연
송골송골 이마에 맺힌 땀방울
타오르는 향내음보다 향기롭네

"마지막 중생까지 구원하기 전 성불할 수 없나이다"
엄숙한 비원 품은 지장보살
산 되어 내려 온 지장산
너그런 품에 제상 차려 비오니

산 닮아 선한 이들 오르는 등산길
올 한 해도 무사 인도하소서
산 사람도 산악영령도 오롯이 마음모아
술 잔 높이 올리나니
하늘이시여, 이 술 잔 거두어주소서!

광덕산 호두나무

2008. 02. 02

광덕산은 이름처럼 넓기도 해라
눈 이불 뒤집어쓴 응달 가쁜 숨 몰아쉬며 오르면
어느새 햇살 따가운 양지 비탈
모락모락 더운 숨 내뿜으며 봄으로 제 몸 열고

가파른 산길 묵직한 발걸음
다리 힘 연줄처럼 풀릴 즈음 다다른 정상
자그마한 비석 두 개 가던 발길 멈추게 하네
산이 좋아 한 청년은 설악에 뼈를 묻고
한 청년은 히말라야에 혼을 묻었네
그대 마침내 산이 된 젊음아
누이의 합장에서 부활하는 산 남정네야!

광덕산 정상에 올라서니 홀연 눈부셔
사방은 탁 트이고 하늘은 바싹 다가와
머리 조아린 봉우리들 굽어보며 부딪치는 막걸리
한 사발

땀 방울 술 방울에 부서지는 겨울 햇살

광덕사 앞마당 4백 년 굵어 온 호두나무
비바람에 찢기고 눈보라에 꺾여도
기어코 제 몸보다 단단한 열매 맺어
초근목피 굶주리는 백성 먹여 살리니
대자대비 석가께서 나무로 오셨다네

대웅전 추녀 끝에 매달린 풍경소리 땡그렁
꽁꽁 언 산천초목 화들짝 놀라 잠 깨어나네
흐뭇하게 보시던 부처님
유정들아! 봄이 머지않았느니 깨어 준비하여라

합장하고 돌아서는 죄 많은 나그네
법당 머리 올릴 기와에 두고 오는 비원
無量廣德遍法界!
(무한하고 크신 덕 사바세계에 널리 베푸소서!)

달마산 미황사

2008. 01. 26

반도의 등뼈 백두대간 남으로 남으로 달려
남해 푸른 물 안식에 들기 전
마지막 남은 숨 토해 솟아오른 산

칼날보다 서슬 퍼런 바위는
깨달음 위해 10년 면벽한
달마조사의 환생

멀리 옹기종기 엎드린 섬들
달마산에 오체투지하고
푸른 바다 달마를 품었네

동백나무 후박나무 윤기 흐르는 숲지나
달마의 가슴팍에 안긴 절 미황사
무명초 깎아버린 선승의 형형한 눈빛에
이글거리는 구도의 비원

칠흑어둠 내리자 시나브로 하늘에 번지는 별빛
태워도 태워도 재 되지 않는 번뇌
연좌에 앉으신 부처님 전 향로에 불사르고
온몸으로 비옵나니
무명의 죄업 거둬 별빛에 살라 주소서

달마를 휘돌아 바다로 풀리는 바이올린 선율
매서운 겨울 알몸으로 견디느라 서러웠던 나무들
어루만지시는 부처님의 법문
청아한 소리 향 따라 피어올라
유정들도 무정들도 덩실덩실
생로병사의 고통 잊는 니르바나의 환희

새들도 나무도 잠든 새벽
차가운 공기 가르며 울리는 범종소리
시방삼세 울려 퍼져 삼라만상 깨우니
혼미했던 정신 찌르르 감전되는 부처님 말씀
照顧脚下! 사부대중아 네 발 밑을 돌아 보거라

북한산 밤골능선

2007. 12. 29

사락사락 밤새 내린 눈
솜이불로 덮인 밤골계곡
컹컹 짖는 강아지 소리에
투덜대며 깨어나는 겨울

꽁꽁 언 대지 떡가루로 뿌려진 눈
마음보다 먼저 설렌 발 내딛는 순간
덜미 당기는 서산대사 호통
눈길 함부로 걷지 말라
뒷사람 따라가느니

얼얼한 뺨 도려내는 칼바람
가벼워진 폐부 가득 밀려드는 겨울
하늘이여 이 강풍 멈추지 마소서
번뇌의 불씨 다 타 버릴 때까지

산 밥먹듯 올라도 소나무 독야청청 몰랐네
몸뚱이 통째 날릴 바람 맞을수록
오히려 꼿꼿해지는 푸르른 자태

찬바람, 눈보라 맨살로 맞으며
묵묵히 굳어 온 아득한 세월
찌르르 감전돼 오는 인수봉 정기

차가운 막걸리 한 사발로
한 해 떠나보내려니
못다 푼 아쉬움 살얼음으로 동동

눈 내린 예봉산

2007. 12. 15

어지러운 마음 달래려 예봉산에 드니
흰 눈 어지럽게 펄펄
삶은 어지러움이라고 속삭이는 하늘

오른 길 뒤돌아보면 한 뼘씩 쌓이는 눈
시름 눈 속에 파묻고 꼭꼭 밟았더니
어느새 햇살 비춰 스스르 눈 녹고
다시 살아나는 시름

예봉산 정상 모락모락 피어오르는
오뎅국물 더운 김에 아픈 다리도 스르르
국물 한 순갈에 밀려오는 뻐근한 행복

흰 눈 속 파묻혔던 곤줄박이
지저귀며 다가와 땅콩 부스러기 콕콕
암팡진 부리로 전해지는 삶의 엄숙함

첫눈 내린 북한산

2007. 12. 08

매서운 겨울바람 수척해진 북한산
마지막 체액 푸른 물로 뽑아
부처님께 소신공양하는 삼천사 계곡의 아침

마른 낙엽 나뒹굴어도
겨울 온 줄 몰랐는데
흰 눈에 버무려 진 낙엽 밟으니
발아래 사각이며 깨어나는 겨울

맨 몸으로 추위 견디는 인수봉
굽어보시던 하늘 눈물 얼려
흰 눈 이불 포근히 덮어주시다

화려했던 단풍잎 뿌리로 돌려보낸 자리
살을 파고드는 밤이슬 끌어안아
환한 눈꽃 피워 올리는 겨울나무
서릿발 삶의 의지

북한산 눈과 바람

2009. 12. 05

메마른 겨울 바싹 야윈 나무
지난가을 살점 떨어져 허전한 자리
하얀 눈 살포시 감싸 안으니
뻐근하게 전해오는 여름날의 풍요

잿빛 참나무 줄기타고
추운 겨울 푸르게 버티는 이끼
난데없이 기어오르는 흰 눈
푸른 삶과 하얀 죽음이 교차하고

하늘과 땅 그 사이, 머릿속까지 하얗게 바랠 즈음
등 뒤에서 덮쳐오는 거대한 바람 쓰나미
나무들 머리채 사정없이 흔들어대니
바람소리보다 더 애처로운 나무들 신음소리

눈 무게에 실신한 소나무가지 너머
하얀 솜털외투 갈아입은 북한산 바위

먹구름 속 튀어나온 햇살 빨아들여 눈부시게 빛나니
덩달아 한 송이 눈 되어 허공으로 솟구치는 내 몸뚱이

겨울 주왕산

2008. 12. 27

푸른 소나무 강보에 쌓인 산골
청송의 자궁 속
분수처럼 하늘로 솟구친 검은 바위들
의젓하게 둘러앉은 주왕산

망국의 한 품은 주왕 겨드랑이에 꼭 품고
비바람 눈보라 온몸으로 막아서는 깃대바위
세상인심은 바람에 깃발처럼 나부껴도
나부낄 줄 모르네

우람한 고드름 뒤덮은 계곡
굳게 닫힌 시간의 빗장 부수는 물소리
시루봉 신선도 추위에 질려 그만 불 지피기 멈추고
살점은 모두 얼음덩이로 굳어졌어도
흐르고 싶은 욕망 접을 수 없어
강퍅한 얼음 사슬 끊어버리는 여린 물의 퍼런 서슬

산짐승 먼저 오른 오르막 길 늘어선 금강송
미끈한 몸매 다가가 어루만지려니
내장까지 드러난 허리에 손끝이 저릿
허기진 사람들 송진 얻으려 파헤친 몸뚱이
살을 에는 바람 불 때면 '윙윙' 더 커지는 울음소리

가파른 눈길 가쁜 숨 몰아쉴 쯤
마침내 하늘이 열어놓은 영산 주왕의 정수리
눈 덮일수록 푸른 소나무 군단
칼바람 불수록 단단한 바위
얼싸안고 한 데 어우러지니
비집을 틈 없어 쭈뼛 멈춰서는 겨울

겨울 관악산

2009. 01. 03

살점 다 떨구고 동안거(冬安居) 잠긴 나무들
바스락 소리 잠깰세라 묵묵히 바위 길 오르다
발아래 세상 얼마나 작아졌나 문득 돌아보니
쭈뼛 서는 머리 칼, 턱 막히는 숨

빌딩도 아파트도 강물도 뒤덮은 검은 띠
목 졸린 북한산도 가쁜 숨 몰아쉬니
더 크게, 더 많이, 더 빨리
브레이크 파열된 사람들 흥건히 쏟아낸 욕망이
통째 삼켜버린 서울하늘

고개 돌려 구불구불 산길 다시 오르니
멀리 칼바위 끝 아슬아슬 걸터앉은 연주대도
사람들 욕망 팝콘처럼 튀겨주는
송신탑 쇳덩이에 눌려 숨을 헐떡헐떡

연주대도 뒤질세라 스피커로 튀겨내는 염불소리
대학합격, 고시합격, 취직시켜주시고, 집 좀 팔아
주시고…
'팔정도(八正道) 행하리라 사홍서원(四弘誓願) 이루
리라' 맹세는 어찌 없나
흔들리는 연좌대 비틀거리는 부처님

관악 정수리 박힌 송신탑 귀청 찢는 염불소리
몰려든 사람들 왁자지껄
햇살 즐기려던 새들 칼바위 벼랑에 몰려
한 뼘 공간 뱅뱅 맴도는 겨울 관악산

겨울 호명산

2009. 01. 10

백두대간 아늑한 품 뿌리치고
세차게 흐르던 북한강도
청평에 이르면 그만
사방 에워 싼 봉우리에 주눅 들어 잠시 숨 고르고

맥 풀린 북한강물 물끄러미 바라보는 호명산
숲 우거져 호랑이 울음 들렸다는데
응달 눈 속 행여 호랑이 발자국 있을까
윙윙 나뭇가지 후려치는 바람에 호랑이 울음 실려
올까
머리털 쭈뼛 섰던 어릴 적 호랑이 이야기 떠올리며
걷다보니
어느새 올라탄 호랑이 등

마른 잎 고운 눈 버무려져 푹신한 능선
사람 다닌 흔적마저 희미한 길 걷다가
덩달아 희미해지는 세상사

문득 고개 들어 앞을 보니
호명산 봉우리 삼킨 채 겹겹이 얼어붙은 호명산 호수
갈 곳 없는 몸 고단한 파문 거두고 새 봄 기다리네

고개 돌려 산 아래 굽어보니 길 떠날 채비 서두르는
북한강물
칼바람 막아서도 주저앉을 수 없어
온몸으로 꿈틀대며 서해로 흘러가리
얼어도 얼지 않는 북한강 푸른 영혼

겨울 도봉산 계곡

2009. 01. 11

눈도 오지 않는 겨울 도봉산
수척해진 봉우리들 바싹 다가서니
덩달아 좁아진 계곡엔 낙엽만 바스락

심장 깊숙이 용솟음치는 그리움
더는 숨길 수 없어 살그머니 뿜어냈다
그만 살을 에는 겨울바람에
한 발짝도 못 가 얼어붙은 샘물

무소의 뿔처럼 가리라
칼바람 가르며 뚜벅뚜벅 흐르던 계곡물
허연 빙벽으로 굳어진 채
한 방울 두 방울 차가운 눈물만 흘려

얼음 두꺼워질수록 겨울도 두꺼워져
겨울은 계곡물 얼리고, 언 계곡물 겨울 가두니
겨울 도봉산은 지금 전쟁 중

겨울 속리산

2009. 01. 17

속세를 떠나야 이른다는 산
눈 덮인 속리산 들어서면
어느덧 몸이 먼저 알고 서두르는 속세와의 이별

자연을 증오하는 잿빛도시 어지러운 간판에
침침해졌던 눈
푸른 솔, 흰 바위, 갈색 낙엽 보는 순간
뿌연 안개 걷히며 환하게 열리는 시야

침묵을 거부하는 도시의 온갖 소음
먹먹했던 귓전
전나무 스치는 바람소리, 얼음장 밑 흐르는 물소리
허기진 새소리에 뻥 뚫리는 고막

한 발 두 발 하늘 가까워질수록
코르크로 꼭 막혔던 땀구멍 숨구멍 활짝 열리고
용암처럼 분출하는 삶의 찌꺼기들

산은 나를 열어주고 나는 산을 열어주고

겨우내 바싹 야윈 나뭇잎들 어여삐 여긴 하늘
물기 머금은 바람으로 밤새 어루만져
사슴의 뿔처럼 피어난 흰 눈꽃 상고대

구름에 가렸던 태양 슬쩍 고개 드니
다소곳했던 눈꽃 바르르 떨며 일제히 켜지는 흰 등불
눈 부셨던 눈꽃 한줌 이슬로 다시 사라지는
지상 가장 장엄한 물방울의 불꽃놀이

문장대 올라 사방 둘러보면
바위도 산죽도 소나무도 눈꽃이 활짝
내 눈에도 머리에도 목소리에도
마음까지 피어나는 눈꽃
여기는 속리산, 아니 여기는 극락

봄 오는 북한산

2009. 01. 30

아직 겨울 콧대 도도하려니
몸 꽁꽁 동여매고 들어선 북한산
단단했던 산길
발끝에 묻어오는 부드러운 흙 속에
흐물흐물 스며든 봄

살을 에는 칼바람이
강철빗장 질러놓은 얼음계곡
빙수처럼 푸석푸석 갉아놓고
재잘재잘 흐르는 물소리에 녹아드는 봄

만지면 부러질 듯 화석 같던 산딸나무, 진달래
다가가 손아귀에 슬쩍 힘줘보니
팽팽하게 전해오는 탄력
물 오른 푸른 줄기에 둥지 든 봄

관자놀이 후려치던 얼얼한 바람
모자 벗고 슬그머니 맞서려니
땀방울 젖은 머리칼 간질이는
따스한 바람결에 어느새 업혀온 봄

낙엽 속 살얼음에 미끄러질까
주춤주춤 내딛던 사람들 발걸음도 성큼성큼
굳었던 얼굴에 번지는 미소
까칠했던 목소리에 흐르는 봄의 윤기

북한산 안개

2009. 02. 07

태초에 하늘과 땅 열리기 전
혼돈의 시간이 이랬으리
봄 향기 슬며시 스며든 북한산
안개가 붙여버린 하늘과 땅
청솔모 가족 부산히 나뭇가지 오르내리니
살짝 걷히는 안개

석 달 열흘 꽁꽁 얼었던 산
봄을 잉태하느라 신음하고
쌀알이 밥되려 수증기 짙게 피어오르듯
겨울이 봄 되려 뭉게뭉게 피어나는 안개

오를수록 거센 바람 흩어질 듯 짙어지는 안개
언제 정상 다다를까 터벅터벅 걷는데
갑자기 눈앞 막아서는 육중한 문
굴곡의 조선왕조 말없이 굽어보던 대동문
굳게 닫힌 역사의 빗장 틈 잽싸게 스며드는 안개

아스라이 펼쳐지던 소나무 계곡
칼바위 능선 지저귀는 새소리까지
모두 쫓아 버리고도 허기진 안개
함께 오른 벗들도 하나둘 지워버려
마침내 내 몸마저 앗아가는 블랙홀의 몽환

봄 오는 명성산

2009. 02. 14

망국의 설움 누를 수 없어
목 놓아 울었다는 궁예의 자취 남았을까
산길 접어든 순간
지축을 울리는 굉음소리
콸콸 쏟아지는 폭포수에 깨어나는 오감

겨우내 바싹 타들어간 계곡
간밤에 내린 빗물 한껏 끌어안았다
궁예의 설움인 양 북받쳐 쏟아내니
명성산 계곡은 겨울을 껑충 뛰어 봄

거친 물살 쏟아내는 억센 봄
도도하던 얼음장 여기저기 구멍 숭숭
봄내음 질펀하게 스며든 산길
몸 구석구석 끈적대는 봄향기

누렇게 야윈 소나무도
모처럼 단비에 온몸 붉게 적시고
솔잎 덕지덕지 뿌연 먼지 씻어내
잿빛계곡 하나 가득 퍼지는 푸른 윤기

가을 햇살 은빛 갈기 희롱하던 억새 능선
더욱 추근대는 안개
산정호수 찬 기운 머금은 서리 밤새 들락날락
스러진 억새꽃 눈부시게 부활한 상고대 눈꽃

발아래 계곡은 오는 봄 차지여도
산꼭대기는 아직 겨울 숨결 펄펄
푸른 물 쏟아지는 계곡 흰 눈꽃 피는 산정
명성산은 버티는 겨울 치받는 봄의 싸움터

오대산 나무

2009. 02. 21

단풍 눈시울 붉히는 가을에도 흰 눈 곤히 잠든 겨울
에도
　전나무 저절로 푸른 줄 알았었네
　오대산 푸른 물 뿌리로 들이켜고
　동해 푸른 바람 줄기로 낚아채고
　파아란 하늘 바늘잎으로 움켜쥐니
　사철 푸른 이유 인연인 줄 알겠네

　부처님 육신 보석으로 빛나는 진신사리
　그 모습 뵈올까 적멸보궁 가파른 길 오르는 팔순 노파
　부처님 진신사리는 어디 있나
　쪼그라든 어깨 위 헝클어진 백발에
　이슬로 맺힌 땀방울

　얼음장 삐죽 맑은 물 고개 드는 상원사 계곡 지나
　아직 겨울옷 걸친 돌계단 한 발 두 발
　흥건히 등 젖을 쯤 오른 비로봉

사방에서 달려드는 거센 바람에 휘청거리는 몸뚱이

살갗 파고드는 칼바람 앙탈
묵묵히 받아가며 천 년 굵은 아름드리 주목
살을 에는 바람 홀로 맞서기 두려워
서로 부둥켜안다 붙어버린 참나무
칠흑어둠 겁에 질린 나무들 모두 빛을 잃어도
은빛줄기 홀로 빛나는 자작나무
무명을 깨우치시는 부처님의 환생

반 토막 겨울 해 전나무 숲으로 사라지고
어둠이 베이스로 깔리는 월정사
두둥둥 울리는 범종루 법고소리
고단했던 하루 지친 삼라만상 어깨 다독이고
묵직한 범종소리 팔각구층탑을 휘감고
귓전에 뱅뱅

북한산 바위

2009. 02. 28

겨울은 간신히 응달진 계곡에
한줌 얼음으로 목숨 부지하고
더러 낙엽 밑 숨어 봄 햇살 눈치 슬금슬금

계곡엔 졸졸졸 봄이 녹아 흐르고
성질 급한 버들치는 요리조리 봄 희롱

차갑던 바위도 다사로운 봄 햇살에는
그만 우뭇가사리처럼 흐물흐물

가만히 뺨 대보면
먼 남쪽 바람 실려 온 봄향기
한껏 머금었다 지긋이 건네주니
아직 겨울잠 덜 깬 게으른 나무보다
봄소식 먼서 선네주는 싶은 속

제 3 부

봄

용왕산

2010. 05. 31

새벽 엷은 햇살 묵직한 눈꺼풀 뚫고 들어오면
나는 부스스 일어나 용왕산으로 가네

아파트 숲 지나 산자락 밟는 순간
두 눈 가득 들어오는 푸른 나뭇잎
어제 보았던 세상 찌꺼기 사라지고
내 망막에 제일 먼저 맺히는 생명체

한 걸음 두 걸음 숲으로 들어가면
햇살보다 먼저 잠 깬 새들 지저귀는 소리
어제 들었던 세상 부스럭 소리 지워지고
내 귓전 제일 먼저 울리는 맑은 소리

가쁜 숨 잰 걸음으로 정상 오르면
잠 깬 나무들 뿜어내는 맑은 공기
어제 마셨던 세상 혼탁한 공기 달아나고
내 허파 제일 먼저 들어오는 푸른 숨결

한 숨 돌리고 여기저기 눈길 주면
붉은 장미, 하얀 이팝 뿜어내는 향기
어제 시들해졌던 마음 콩닥콩닥
내 가슴 제일 먼저 뛰게 하는 냄새

산길 다시 달려 샘터 다다르면
밤새 자궁 속 고이 간직했다 뿜어낸 찬 물
어제 바싹 말랐던 핏줄 다시 주루룩
내 심장 제일 먼저 끓게 하는 생명수

용왕산에 오르지 않으면
나의 하루는 열리지 않네
내 살과 피
절반은 용왕산이 만들었다네

추워도 묵묵히 더워도 묵묵히
더 준 것 마다하니 비만하지 않은 산

덜 준 것 알뜰하니 언제나 넉넉한 산
때 되면 피고 지니 언제나 겸허한 산

이제는 맨살 말고 속살도 그대 닮고 싶어라
이제는 오감 말고 영혼도 그대 닮고 싶어라

지리산의 5월

2010. 05. 10

산 길 걷다 지친 몸
어둠에 풀어놓고 잠들다
눈 떠보니 또 지각

말간 햇살은 푸른 잎에 연신 굴러 떨어지고
새들은 목청 가다듬은 지 오래
다람쥐는 수도 없이 제 집 들락날락

낙엽송, 굴참나무, 자작나무, 회화나무
바람도 곤히 잠든 어둠 틈 타
여린 잎 하나둘 키워 초록 성벽 쌓아놓았네

달려드는 계곡 달아나는 봉우리 겹겹이 에워 싼 초록잎
모진 바람도 거센 소낙비도 뜨거운 햇살도
도저히 뚫지 못할 거대한 성벽
스스로 붉은 피 흘리며 쓰러지기 전에는 부수지
못할 성벽

세상 가장 여린 것들이 만들어낸 가장 단단한 것들

그 품에서 뛰노는 날짐승과 길짐승
세상 가장 고요한 것들이 보듬어주는 가장 부산한 것들

마리소리골의 봄

2010. 04. 21

어허 그리 쉽게 마리소리골에 봄이 열리나
남녘에 봄기운 한 조각
귀동냥해 온 바람 한 점에 열릴 리가 있나
꽝꽝 얼었던 얼음계곡
햇살 한 움큼 가로채 졸졸졸 흐른다고 열리나

마리소리골 봄은 열리는 것 아니라 열어 젖혀야 하네

이 산 저 산 사람들 모여 자진모리장단으로
낯 두꺼운 겨울 두들겨 쫓아야 하네
이 소리 저 소리 한 데 모여
쭈뼛거리는 봄 휘몰이 장단으로 몰아야 하네
아니, 사람과 소리 한 데 어우러져
나무와 새 물과 바위 꽃과 하늘의 별 모두 불러 모아
난장을 벌려야 하네 야단법석을 펼쳐야 하네

마리소리골의 봄은 사람. 소리. 자연이

왁자지껄 어우러져야 오네
시끌벅적 어우러져야 오네

* 마리소리골 : 강원도 홍천군 서석면에 있는 깊은 산골마을 이
  름. '마리'는 '머리'를 뜻함. 국악의 현대화·대중화에 힘쓰는
  이병욱 선생이 머물면서 작곡과 연주·공연을 하는 곳.

계방산의 봄

2010. 04. 17

구름도 더는 오르지 못해 주저앉은 운두령
지친구름 뚫고 솟은 억센 봉우리
부지런히 발품 파는 봄도 계방산에서는
이제 겨우 5부 능선 기어오를 뿐

한 발 두 발 오를수록
겨울로 빠져드는 발걸음
봉우리 뒤덮었던 흰 눈
밀려오는 봄에 낯빛 검게 질린 채
북쪽 언덕에 웅크리고

아직 얼얼한 바람에 잔뜩 겁먹은
철쭉과 물푸레 움츠린 가지
고개 삐죽 내밀어 늠름한 주목 보더니
푸른 햇살 묻어있는 끝가지부터 슬그머니 불룩

변산 월명암

2008. 05. 31

남으로 내달리던 백두대간이
해지는 서쪽 드넓은 벌판으로 곁가지 뻗어
서해 얼싸안고 솟아오른 변산

우람한 두 팔 벌려 하늘 가린 전나무 숲 지나
내소사 굽어보며 관음봉 오르면
멀리 서해바다 눈동자에 박혀오는 조무래기 섬들

기암괴석 떡시루처럼 펼쳐진 곳
참나무 소나무 팥고물처럼 얹힌 봉우리
굽이굽이 돌아 계곡을 내려서니
새하얀 포말 수직으로 몸 던지는 직소폭포

제 몸의 수액 쥐어 짜 키워낸 푸른 나무
뿌리에 삼수었넌 물 한 방울씩 토해내
메마른 산 다시 폭포로 적시니
산란하는 물보라 녹아드는 때죽나무 꽃향기

직소폭포 굉음 아스라이 들려 올쯤 홀연 나타난 넓
은 호수
실 같은 계곡물 얽히고설켜 우주도 담을 큰 물 이루니
병풍처럼 에워싼 변산 봉우리 한꺼번에 풍덩
산행에 묵직해진 몸뚱이도 풍덩

후들거리는 다리, 뻐근한 어깨, 송골송골 맺히는
땀에
손수건 흥건히 젖을 쯤 신기루처럼 나타난 도량 월
명암
우러르던 봉우리 어느새 발 밑 치맛자락으로 깔리고
울려 퍼지는 목탁소리에 벅차오르는 가슴
"부처여 깨달음을 얻으려 왔나이다.
　네 이마에서 뚝뚝 떨어지는 땀방울 이미 깨달음이
니라"

낙조대 오르니 막 숨을 거두는 태양

이승의 미련 남아 흘리는 피 서해바다 흥건히 적시니
고요히 잠들었던 잿빛 바다 붉게 살아나네

어둠 거둬내는 바이올린 선율에
대웅전 향불 녹아내리고
연좌에 앉으신 부처님께 바치는 선율 보시에
바위처럼 가부좌 튼 선승 굳은 얼굴에 번지는 미소
촐싹이던 강아지 백구도 문지방 기대어 귀 쫑긋
시나브로 하늘 뒤덮은 별무리 쏟아지니
낮에 본 직소폭포 하늘에서 환생하는 월명암의 밤

연인산 이야기

2008. 05. 24

중력을 비웃는 잣나무 쪽 곧은 산기슭 지나
초록빛 짙어가는 졸참나무 층층나무
햇살 머금어 눈 어른거리는 계곡 오를 때
바람 한 점 없어 야속하더니
능선에 오르자 어디 숨었나 와락 달려드는 바람

산은 뿌리를 틔워 나무를 키우고
나무는 잎을 떨궈 산을 살찌우네
나뭇잎 떨어져 푹신한 솜이불로 깔린
연인산 능선, 참나무가 그늘 드리우고
속살 깊숙이 갈무리했던 바람 풀어헤쳐 땀 식혀주면
산죽처럼 어여쁜 여인 손잡고 마냥
걷고 싶어라

참판댁 종을 사랑한 착한 청년 길수
길수를 기다리다 애간장 끊어진 처녀 소정
끝내 이승에서 못 이룬 사랑

연인은 불길 되어 끝내 하나가 되었느니
죽음도 갈라놓지 못한 사랑아

핏빛 철쭉, 선홍빛 얼레지로 온 산 물들면
갈라짐도 눈물도 없는 자유의 세상
두 연인 손 맞잡고 훨훨 소망능선을 날아다니고
은방울, 투구꽃, 동자꽃도 덩달아 흐드러지네

덕유산 능선길

2005. 05. 10

바람보다 먼저 눕는 것은 풀 뿐이 아니었네
덕유산 능선 세월의 문신 꽈배기처럼 새긴
노린재, 사스래, 버들개지, 철쭉은
바람소리만 들어도 움츠리다가
그만 허리도 휘도 고개도 휘고

겨울바람에 가위 눌린 신갈나무,
봄바람 불어도 손톱만 한 잎사귀 겨우 삐죽
산 아래 쭉쭉 뻗은 나무들처럼
위로 치솟고픈 욕망 속으로 삼키느라
온몸 뒤틀려 바람 불면 더 서러워 목놓아 우네

봄 햇살 등에 업고 하늘로 기어오르던 초록물결
덕유 바람 기세 눌려 주춤하는 사이
능선에는 난쟁이 들꽃 난장판이 벌어졌네
보랏빛 현호색, 노란색 애기별 꽃,
바람 거셀수록 꽃향기 더욱 진해라

바람 등쌀에 삼라가 숨죽이고 고개 조아렸어도
푸른 잎 달고 허리 꼿꼿이 편 주목
하도 센 바람 맞아 살갗은 벌겋게 달아올라도
천 년을 굵어가는 서릿발 의지
굽힘도 맞섬도 모두 끌어안는
넉넉하고 온유한 덕. 유. 산

백운산 철쭉

2008. 05. 05

이따금 흰 구름 걸터앉는 백운산
굽이굽이 능선 따라 핀 철쭉도 구름을 닮았네

저자거리 철쭉은 선홍빛 요부로 피어나지만
백운산 철쭉은 엷은 구름 품에 자라나
수줍은 연분홍으로 피어나네

그래도 어여삐 봐주는 눈길 그리워
떨치지 못한 이승의 미련 나그네 가슴에 담아두고
살포시 땅으로 떨어지네

별 같은 다섯 장 꽃잎 땅에서도 흩어지지 않아
차마 사뿐히라도 밟지 못 하겠네
내년 다시 필 연분홍 꽃잎 하늘의 뜻인 줄 알았더니
그대 식지 않는 환생의 열정이었네

만나자 헤어짐이 아쉬워라

내년에는 내 먼저 이곳 와서 환생하는
그대 자태 오래오래 두고 보리라

북한산 진달래

2008. 4. 19

그대 북한산 능선 사태 진 진달래를 보았나요
겨우내 죽음이 잿빛으로 똬리 튼 숲
무채색 바람 일렁이는 숲 여기저기 핏빛으로
솟구쳐 오른 진달래 말이에요

힘주면 바스러질 듯 가냘픈 줄기
바람 불면 뽑힐 듯 가녀린 뿌리
거기서 기어코 붉게 타올라 칠흑 숲에
불 댕기는 진달래 말이에요

단단한 바위 움켜 쥔 소나무 말고
상장능선 선인봉 벼랑 끝 부여잡고
핏빛으로 곧추 선 진달래 말이에요

소나무야 억센 잎 옹골찬 줄기지만
제 몸 하나 가누기 힘겨운 진달래가
바위를 뚫고 뿌리 내리자니 그 몸에 피멍들어

꽃잎 붉게 물들인 게지요

하여 진달래는 피 토해 울음 우는 두견새 같아 두견화,
달래 중에 가장 붉어 진달래,
상장능선에서 그 처절한 불꽃 쳐다보다 내 눈도
왈칵 붉어졌어요

북한산 바위 2

2008. 04. 26

남들은 무심한 이를 나 같다고 하지만
나라고 왜 무심하기만 하겠어요
여름내 뙤약볕에 알몸으로 있다 보면
등 쩍쩍 갈라지고 살비듬 풀풀 날려
숨조차 멎을 때쯤 구름이 그늘 드리워 주면
눈물 나게 고마워라,
때로 그 구름 비 되어 내 몸 적셔주면
목놓아 폭포로 우는 소리 들리지 않나요

하지만 내 몸 적셔주는 비와 해후도 잠시
내 몸 깊숙이 뿌리박은 나무에게, 풀에게
다 흘려 보내주고 나는 다시 맨 거죽으로
다음 비 하염없이 기다리지요

남들은 내가 더불어 살 줄 모르는 외톨이라 하지만
나라고 왜 그리움이 없겠어요
비바람 눈보라가 내 몸에 후벼놓은 상처

그 안에 구절초 씨도 소나무 씨도 진달래 씨도 다 품어
뿌리 내려주고 잎 틔워주고 꽃 피워
사람들 절경이라 탄성 지르지만
그 절경 온 몸뚱이로 떠받치는 나는 안 보여서 그렇지요

구기동의 봄

2008. 03. 23

겨우내 바위틈 숨죽였던 버들치
풀어헤친 계곡물 유유히 헤엄치면
깊은 잠 들었던 개구리 알에도
넘실대는 부화의 설렘

생강나무 노란 송이송이
얼음 뚫고 피느라 단내가 펄펄
진달래 분홍 봉우리도 제 몸 흔들어 껍질 벗을 채비하고
산들바람 간지럼에 성미 급한 귀룽나무, 단풍나무는
젖니 같은 잎 틔워 올리며
겨울 잠 깰 줄 모르는 팥배나무, 초록싸리에
일어나라 아우성
문수사 부처님 굽어보시더니,
"놓아두거라, 잎 틔우는데도 시절 인연이 있는 법이
니라!"

푸른 새싹 등에 업고 기세 등등 흐르는 물
응달진 계곡 겨울의 시체로 널브러진 얼음장
이승에서 마지막 작별을 고하고
슬그머니 버드나무 뿌리로 녹아들어
점점이 푸르른 버드나무 잎새로 환생할 채비

꽃 등불 잎새 등불 이 골 저 골 환해지는 구기동 계곡
내 이마에 흐르는 땀방울에도 삶의 의지가 활활
야단법석 구기동 봄 여운 가시지 않더니
돌아와 열어젖힌 창문 앞 매화가 활짝

계룡산 동학사

2008. 03. 15

메말랐던 가지 등 뼈개고
벚꽃 툭툭 벌어지는 산길 한 발 두 발 오르니
새들도 날개 접고 쉬어 넘는 고갯마루
다소곳이 마주보는 남매탑이 반가와라
타오르는 욕정도 구도의 길 범하지 못했어라
삼불봉 넘어온 바람에 상원암 풍경소리 땡그렁
갸륵한 남매탑 어루만지시는 부처님소리

지축을 뒤틀어 하늘로 오르는 청룡
굽이굽이 닭벼슬로 곤추선 등뼈 따라 오르는 능선
두 다리 휘청일 쯤 다다른 관음봉
계룡의 봉우리들 머리 조아리고
발아래 아스라이 펼쳐진 사바세계
굽어보시던 대자대비 관세음 봄을 열어주시다

이 골 저 골 물은 콸콸
얼음장은 여기 저기 구멍 숭숭

"

층층이 주름진 바위 절벽타고
흘러내리는 물줄기 겨우내 칼바람에 숨죽였던 설움
한꺼번에 울음으로 토해내는 은선폭포

칼처럼 벼린 바위 한 달음에 내달려
아늑한 동쪽 계곡 사뿐히 내려앉은 동학사(東鶴寺)
무명초 파르라니 깍은 비구니 머리에서
부서지는 번뇌, 타오르는 구도의 비원!

봄 햇살에 혼비백산 겨울바람 달아난 사이
대웅전 뜨락에 목련은 부풀어 오르고
산수유 노란 꽃망울 삐죽 고개 내밀었네
천 년을 굵어 온 느티나무도 꾸벅꾸벅 봄잠에 빠져
드는데
"부처의 깨달음은 무엇입니까?
 뜰 앞에 노랗게 피는 산수유꽃이니라!"

봄 오는 원 도봉산

2008. 03. 09

칼바람 두려워 무릎 맞대고 꼭 껴안았던 봉우리들
다사로운 봄 햇살에 스르르 제 몸 열었네
어디 물기 한줌 있었으랴 싶던 수척한 계곡
시나브로 젖힌 몸 사이로 콸콸 흘러내리는 물
곰비임비 엉켜 계곡은 벌써 푸른 아우성

열린 산 틈 비집고 오르는 포대능선
겨울 살점은 뚝뚝 떨어지고
열린 몸 사이로 땀방울도 후두둑
이윽고 오른 정상 하늘도 푸르게 열리네

쏟아지는 봄 햇살에 흐렸던 눈빛 맑아지고
겨우내 살얼음 꼈던 얼굴도 발그레
부딪히는 술잔에 닫혔던 마음 빗장도 풀리네

북한산 구기동 계곡

2008. 03. 02

언제 눈 내렸었나 흰 눈 꼬리 감춘 구기동
내딛는 발걸음 봄 바람타고 사뿐사뿐
푸드득 창공으로 날아오르는 까치 날개위로
후다닥 내려앉는 봄 햇살

봄기운 꽁꽁 덮은 얼음계곡
서슬 퍼런 추위에 주눅 든 봄인가 싶은 순간
콸콸 흐르는 물 사태 진 구기동 계곡
부서진 얼음 뚫고 펄펄 끓는 봄

햇살 쏟아지는 비봉 바위 걸터앉아
허기진 배 채우려 깍은 사과 속살도 눈부셔라
무심코 버린 껍질 겨우내 주린 새들 날아와
부산하게 부리질
하찮은 것노 쓰레기라 부르지 마라
누군가에게는 목숨 이어주는 생명의 양식이니

비봉에 올라 북으로 눈 돌리면 인수봉, 만장봉, 백운대
미끈한 화강석 봉우리 오늘따라 더 늠름하네
배달의 정기 능멸한 일제는 삼각산 이름도 북한산으로 바꾸었네
진흥왕 기개 서린 비봉에서 다시 삼각봉 바라보니
메아리로 울려오는 3·1절의 함성
오등은 자에 아 조선의 독립국임과…

산길 오르다

2009. 03. 01

멀리서 산 바라보노라면
어디 길 있어 산에 오를까 싶은데
가까이 다가서면
도도하게 열리는 길

처음엔 바람이 지나갔으리
다음엔 빗물 흘러내렸겠고
그 흔적 따라 사람들 곰비임비 다녔으리

산길 들어 하늘 올려다보면
아득하기만 한 정상
언제 오르나 주눅 들지만
한 발 두 발 오르다보면
어느새 다다르는 정상

가빠진 숨 고르고 아래 내려다보면
언제 이 길 다 올라왔나

무서운 게 사람 발걸음

아마 인생이 그럴지 몰라
언제 어른 되고 할아버지 될까 싶지만
세월 흘러 지나온 길 되돌아보면
산다는 게 무서워라
그저 산 몇 번 오르내렸을 뿐인데

북한산 꽃과 나무

2009. 04. 04

누가 단잠 자는 나를 흔드나
졸린 눈 비비며 투덜투덜 고개 들어보니
사방 번지는 꽃불
진달래 붉은 꽃 생강나무 노란 꽃
지난가을 하늘 땅 뒤덮었던 단풍의 환생

허겁지겁 일어나
차곡차곡 갈무리 한 봄비
뿌리로 슬금슬금 움켜 쥔 흙
줄기로 낚아챈 햇살 모두 모아
추운 겨울 눈보라에도
끝내 놓지 않았던 초록의 기억
산들거리는 바람으로 버무려
마침내 싹 틔워 올린 귀룽나무 푸른 잎

봄이 어디 나무들만의 축제더냐
온종일 햇살 한 뼘 아쉬웠던 바위 틈

손톱 크기 모래 속 샛노란 꽃 피워 올려
컴컴했던 일 년 설움 단박에 씻어내는 양지꽃

제4부

여름

설악산 대청봉

2009. 06

비선대 지나 마등령 넘자
꼿꼿이 몸 세우고 달려드는 바위
제 몸을 찢어 소나무 키우고
구름 이슬 품었다 맑은 물로 토해놓는
천불동 바위
무심한 바위가 신통해라 눈길 유심히 주니
천개 바위에 내려앉으신 부처님
다소곳이 두 손 펼쳐 연좌를 만들어 드렸네

설악의 밤에는 어둠도 주눅 든다네
천불동 쏟아지던 은빛폭포
하늘로 올라서는 별빛으로 쏟아지니
지친 육신에 한 아름 안겨오는 우주

허공을 시성이딘 흰 구름
핏발 선 칼바위와 동거에 들어가고
꿈틀대던 공룡등뼈도

서늘한 새벽 바람결에 숨을 고르네

바람 불면 제 몸 숙여 휘어도
부러지지 않는 철쭉
부러질지라도 휘지 않는 구상나무
철쭉도 구상도 설악의 바람이 키운 한 형제

이윽고 오른 대청봉
도도하던 봉우리들
하늘 우러러 머리 조아린 곳
멀리 동해바다 푸르고
머리 위 하늘도 푸르고
다리 밑 나무도 푸른
여기는 세상 가장 푸른 봉우리

곰배령

2010. 08. 28

하늘이 조선 땅 곳곳에
아름다운 봉우리 흩뿌려 놓을 때
저고리 안 감춰두고 망설이다
마지막에 떨군 신들의 정원

두고 온 어버이 그리워
강림한 환웅 배 뒤집어
하늘 우러르며 누운 곳 곰배령

천상에서 쏟아진 푸른 물
한껏 들이켜 몸통까지 푸른 물버들나무
퍼런 줄기 수직비탈에도 몸 꼿꼿이 세운 버섯
사악한 기운 가로막는 수문장인 양
우뚝 선 물푸레 떡갈나무 지나
온몸으로 솟구쳐 폭포 서스르는 널목어 따라
푸른 그늘 빽빽한 산길 오르면

부챗살로 펼쳐지는 들꽃 천지
보랏빛 둥근이질풀 노란 미나리아재비
오렌지빛 동자꽃
온갖 꽃 한 데 엉켜 난장 벌린 꽃배 동산

가칠봉 점봉산에서 불어오는 바람에
일렁이는 꽃배
꽃들의 성화에 안개 쫓겨가면
마침내 드러나는 천국의 한 귀퉁이

곰배령 2

2010. 08. 28

곰배령에서는 누구나 길을 잃는다
거친 물살 휩쓸리지 않으려
온몸 덕지덕지 붙인 부표
하나둘 이악스런 바람에 떨려나고
누구나 둥둥 떠다닌다

곰배령에서는 누구나 사라져간다
험한 세파 파묻히지 않으려
온몸 치렁치렁 매단 장식
하나둘 짙은 안개에 녹아내려
누구나 알몸이 된다

곰배령에서는 누구 하나
들꽃 눈길 빼앗지 못한다
곰배령 공화국에서는 들꽃이 시민이나
바람이 권력이다
안개가 권력이다

지리산 종주

2009. 06. 30

두 눈에 불 켜고
지리산에 깔린 어둠
뱀처럼 구불구불 잘라먹으면서
하늘 오르는 버스
이따금 몸 틀어 발아래 비추면
아스라이 펼쳐진 푸른 숲
검은 계곡 잠들었던 나무들 눈 부셔 흔들흔들

배 든든히 채워 힘 좋은 버스도 허덕허덕
가쁜 숨 몰아쉬다
내장 타들어가는 냄새
적막 흐르는 차안에 진동할 즈음
이윽고 다다른 성삼재

곤히 잠들었던 사람들
반쯤 잠에 취해 두 팔 벌려 기지개 켜고
검은 하늘 온통 갉아놓은 별무리 바라보다가

내지르는 탄성

진득한 안개에 버무려진
나무냄새 폐부 깊숙이 들이켜며 오른
지리산의 북쪽 끝 노고단
꼬리에 꼬리를 물고
정상으로 오르는 사람들
칠흑 갱도 들어가는 광부들처럼
머리에 소망 하나씩 매달고
지리산 어둠 캐러 한 발짝 두 발짝
하늘에는 별빛 지상에는 전등빛 물결

산꼭대기부터 달아나는 어둠
뒤쫓아 온 여명에
밤새 세 색깔 반납했넌 초록 잎
하나둘 제 옷으로 갈아입으니
눈 앞 가득 일렁이는 초록 파도

구비구비 하늘과 땅 넘나들며
방울새소리 흘려 걷다보니 반야봉 봉긋한 봉우리
중생의 온갖 고뇌 어머니 젖가슴으로
포근히 감싸주시는 반야의 둥그런 지혜
세상 모든 너그러운 것들은 둥근 것이라네
기대어 쉴 수 있도록 여린 맘 베지 않도록

임걸령 지나고 연하천도 지나 벽소령 너머
붉은 해 뉘엿뉘엿 질 무렵 이윽고 세석평전
온종일 빳빳하게 날 선 햇살에 나무도 허기질 즈음
퉁퉁 부어오른 종아리 욱신거리는 허리
배낭에도 옷에도 허연 소금
지친 육신도 뉘엿뉘엿 기울어가네

세석평전에 쏟아지는 달빛도 별빛도
온몸 엄습하는 피곤 속으로 밀어넣고는
정신없이 단잠에 취할 즈음

사방에서 부스럭 부스럭, 왁자지껄

후닥닥 일어나보니
날랜 아침 햇살 어느새 지리산 뒤덮고
순례의 길 떠나는 끝없는 배낭행렬

장터목을 지나 천왕봉 가는 길
수백 년 장한 삶 꼿꼿이 서서 마감한 고사목
몸도 가누기 힘든 거센 바람 살을 에는 추위에도
위로만 쳐든 고개 하늘보다 푸른 잎
능선 위 솟은 작은 봉우리 주목

이대로 주저앉을까
한 걸음 내디딜 때마다 배낭엔 돌 하나씩 늘어나고
손에 잡힐 듯 가까운 천왕봉 오르는 마지막 관문
머리 맞댄 육중한 돌기둥 하늘로 안내하는 통천문
누구라도 머리 조아려야 오를 수 있는 문

배낭 밑바닥 무거운 마음 덜어내고 오르네

고통도 잊고 설렘도 잊고
그저 무심한 마음으로
한발 한발 앞으로 내딛다
마침내 오른 천왕봉
더는 오를 곳 없는 반도의 정수리

발아래 엎드린 봉우리 굽어보며
이드거니 맛보는 성취의 기쁨
작은 몸 하나 오르기 이토록 힘겨운데
발아래 거대한 봉우리들
중력을 뚫고 여기까지 기어오르느라 얼마나 고됐을까
하늘과 땅 처음 맞닿는 곳
온몸으로 전해오는 상생의 기운

얼마나 많은 사람들
굽이치는 봉우리 보며 가슴 울렁거렸나
생의 끈 놓아버리고 싶은 사람
천왕봉에 올라 풀 빳빳이 다시 먹이고
삶의 애착 넘쳤던 사람들
질주하는 욕망 조금 덜어내고

멀리 눈 들어 걸어온 길 톺아보니
구비구비 봉우리마다 떨군 땀방울
그 땀방울에 녹여 내려놓은 욕심
하늘에서 내려오는 햇살
계곡에서 올라오는 바람
온몸에 쏟아지는 대자연의 축복
뛰는 심장, 땀에 젖은 얼굴, 뻐근한 두 다리 어루만
지다
살아있다는 것 그저 감사해 벅차오르는 가슴

두 손 오롯이 모아 한 번은 하늘에
또 한 번은 지리산에
마지막 한 번은 내 마음에 올리는 기도
이 감격, 이 기쁨 영원히 간직하게 하소서
어머니의 산 지리산이여
너그러운 산 지리산이여!

북한산 바위 틈 소나무

2010. 08. 14

언제였나
내가 단단했던 솔방울 깨고 싹 틔울 즈음
발 밑 더듬어보니
물 한 방울 스밀 틈 없는 야멸친 바위
손발도 없는 내가 온몸으로 긁어보아도
도저히 뚫을 수 없는 벽

이제는 틀렸구나
발아래 계곡으로 몸 날리려는 순간
뭉게뭉게 안개 걷히며
꿈틀거리는 봉우리들
그만 넋 잃어 내려갈 일 잊었다네

다음 날 이제는 내려가리 마음 접는 순간
나를 내려나보는
사모바위 수심어린 얼굴에 덜미 잡혀
하루 해 저물고

문수사 염불소리 또 하루 휘감고
검은 바위 스며든 달빛에 잠 못 이루고
그렇게 봄이 오고 여름 지나 해가 가더니
이제는 정말
내 벗들 무리지어 사는 곳으로 내려가리라
훌훌 털고 일어서려는데
어느새 내 뿌리 단단한 바위틈에 박히고
굵어진 내 몸통에서
푸르디푸른 잎새 돋아났네

비 그친 뒤 북한산

2008. 06. 07

비 그친 뒤 북한산은 닷새 만에 선 장터

알몸 흠뻑 비 맞은 소나무
산들바람타고 오는 햇살에 제 몸 부르르 떨면
물안개 버무려져 숲 속 흥건한 나무내음
빗물 들이킨 나무 쏟아낸 물방울 뒤엉켜
졸졸졸 흐르던 계곡물은 우르릉 쾅쾅
떡갈나무 잎새 뒤 웅크렸던 박새
허기진 배 채우려 졸참나무에서 짹짹
꽃 잎 질세라 벌들은 윙윙 나비는 팔랑팔랑
담쟁이는 재빨리 소나무 휘감으니
숲속은 푸른 전쟁터

비 그친 뒤 북한산은 막 오르기 직전 무대 뒤

북한산 들꽃

2008. 06. 14

검푸른 나뭇잎 그늘에 여름 숨어든 구기동 계곡
땅비싸리나무 보랏빛 꽃 함초롬 피었다
제 몸 돌돌 말아 소리 없이 지고
더러 양지바른 계곡엔 밤하늘 별보다 노란
양지꽃 환하게 길 밝혔네

조팝나무 하얀 꽃눈처럼 피어난 길
조팝보다 허연 머리 할머니
굽은 등에 물통 잔뜩 메고 휘적휘적 산길 오르네

살다보면 여든 인생도 찰나라고 하지만
모진 겨울 언 땅에서 석 달, 심술궂은 꽃샘바람에
또 석 달
인고의 세월 견뎌 죽을 힘 다해 핀 꽃
세상 구경 열흘 만에 말없이 져야 하는데
언제 꽃 핀 시간 짧다 한탄할 겨를 있으랴

양지꽃 1그램에 온 우주 담겼으니
꽃피는 찰나는 영원

정릉 맑은 물 속 유유히 헤엄치는 버들치
요리조리 파문 일으켜 오히려 물 맑은 줄 알겠네
버들치라고 왜 세월이 덧없지 않으랴만
탓하기에는 긴 여름 해도 짧아라
지느러미 힘 다할 때까지 물속 헤엄치는
이 순간, 찰나는 영원

세상과 청산

2008. 06. 22

밤새 세찬 비 퍼붓더니
아스라한 북한산 홀연 다가와선
비구름 걷힐 때마다 공룡 등뼈처럼 꿈틀

산은 정녕 멀리서 다가온 것일까
언어 태어나기 전 산과 나 가로막던 장벽도 없고
사람과 산 사이 분별없었네
거리, 시간, 공간, 객체, 주체, 실존…
언어의 성긴 그물 생긴 뒤 비로소 산과 나 갈라졌다네

문수봉 계시던 경허선사 내게 던지는 물음
"世與靑山何者是?"
(세상과 청산은 어느 것이 옳으냐?)
선사여! 세상과 청산은 본디 하나였나이다

승가사 맑은 물에 얼굴 씻고 사모바위 오르니
발아래 세상은 비닐 벗긴 온실

뽕나무 갉아먹는 누에처럼 빌딩 숲은 꿈틀
밤새 퍼부은 비 판도라의 상자 열어 젖혀
세상과 청산 사이 가로막았던 욕망, 거짓, 편견
걷어내니
홀연 사라지는 미망의 경계

염초봉에서 들려오는 부처님 말씀
"동서남북 허공의 크기를 알 수 있겠느냐?
色卽是空 空卽是色이니라"

더러는

2008. 06. 29

더러는 바위 집어삼킬 듯 콸콸 쏟아지는 물보다
바위에 등짝 기대고 실오라기로 졸졸 흐르던 물
슬그머니 웅덩이 내려와 일으키는 너울이
내 마음 뒤 흔들어요

더러는 산벚나무, 철쭉, 오동나무 화려한 꽃송이보다
사람들 함부로 이름붙인 개망초, 아무도 눈길 주지 않는
개망초 여린 꽃잎이 더 아름다와요

더러는 바위 움켜쥐고 우람한 가지 뻗은 소나무보다
종일토록 햇볕 한 뼘 구경 못한 바위 틈, 마늘쪽보다
작은 흙에 뿌리박고도 푸른 잎 키워 올리는 들풀이
더 엄숙해요

더러는 참나무 밑둥까지 뽑아낼 듯
세차게 부는 바람보다 땀에 젖은 목줄기 슬쩍 훔쳐주는
한줄기 바람에 지구의 흔들림 느끼구요

더러는 왁자지껄 산 오르는 근육질 다리들보다
느릿느릿 말없이 산 오르는 깡마른 노인 다리가
더 튼튼해 보이지요

소금강 계곡

2008. 07. 12

소금강 버무렸던 물안개 걷히자
속살 드러내는 계곡
푸른 나뭇잎과 노닐던 물안개
헤어짐이 아쉬워 풀잎 끌어안고 녹아드니
초록빛 흥건히 번지는 계곡물

하늘 가린 금강송
뿌리는 사력 다해 물 빨아들여
자식 같은 이파리 목 축여주면
솔잎은 자꾸 위로만 뻗어
사랑할수록 멀어지는 안타까운 모정

물이라고 왜 숨차지 않으랴
흰 바위 새소리 벗하고 싶어 슬며시 머무는 곳
물줄기 할퀸 생채기 못내 서운할 텐데도
말없이 숨찬 물 감싸 주는 십자소 바위

삼라만상 바위로 내려앉은 만물상
눈 시리게 맑은 너럭바위 두 팔 벌리고 누우니
등줄기타고 흐르던 물소리 심장 고동소리로 녹아들어
새삼 온종일 팔딱이는 내 심장이 고마워라

곤두박질치는 물살 두 눈 부릅뜨고 쳐다봐도
어느새 잔잔한 물결로 풀려
부처여 보시란 무엇입니까?
"제 몸 바위에 부서져라 떨어져
 마침내 연꽃 물결 만들어내는 연화담 폭포니라"

장대비 그친 칼바위 계곡

2008. 07. 27

둑 터진 하늘 퍼부은 장대비
북한산 골짜기 흠씬 적신 날
콸콸 쏟아지는 물소리로 환생한 빗소리
귀보다 먼저 듣고는 벌써 팽팽해지는 종아리

구불구불 이어지는 물줄기
산길 오르다보면 어느덧 멀어져
이제는 이별인가 아쉬워 자꾸만 물소리로 향하는 시선
물오리나무 잎 사이로 다시 길을 막아서는 물
이별이 안타까울수록 부푸는 재회의 기쁨

신갈나무 줄기 뒤덮은 푸른 이끼
메말랐던 껍질 부드럽게 감싸 안네
홍에 겨운 나무 잎새에 간직한 물방울 떨궈 이끼를 적셔주니
메마른 내 가슴에도 스멀스멀 번지는 초록 이끼

영욕의 도읍 말없이 굽어보는 북한산성
소나무 뿌리보다 억세게 화강석 휘감고는
거친 돌에 아로새겨진 세월의 상처 온몸으로 어루
만지는 담쟁이
유정한 것 무정한 것 뒤엉켜 살아온 세월 어느덧
6백 년

예불소리 울려 퍼지는 문수사 고개 들어 동쪽 보니
보현봉 칼바위에 우뚝 선 소나무
발아래 벗들은 참나무 등쌀에
한 뼘 하늘로 가지 겨우 뻗어 가쁜 숨 몰아쉬는데
햇볕 쏟아지는 푸른 하늘이 온통 내 것
홀로서기 두렵지 않은 자만이 누리는 절대 자유

우중문답(雨中問答)

2008. 08. 02

푸른 하늘 시샘한 검은 구름
제 무게 이기지 못하고
뚝뚝 북한산 봉우리로 떨어지던 날
숲에 들어 눈 감으면
바람소리, 빗소리, 물소리 분간할 길 없네
선사여! 희로애락은 다른 것입니까?
"모두 네 마음이 만든 것, 같은 뿌리 움튼 다른 잎
이니라"

줄줄 흐르는 땀 훔치며 깔딱고개 오르자
순식간에 자욱한 물안개
나무도, 계곡도, 하늘도 사라지고
내 몸뚱이도 사라져
선사여! "마음속 욕망도 사라지게 해 주십시오"

"욕망이 어디 있느냐? 가지고 오너라"

물안개 헤치며 타박타박 오른 문수사
대웅전 지붕타고 주룩주룩 내리는 빗물
예불소리 목탁소리도 녹아 흐르고
백팔 배 올리는 중생 이마에도 흐르는 빗물
선사여! "꺼지지 않는 번뇌의 불도 빗물로 녹여
주십시오"
"네 마음속 번뇌의 불은 네 이마의 땀방울로 녹이거
라"

설악산 울산바위

2008. 08. 16

부서져라 차창 때리는 장대비 속 얼마나 달렸을까
가물거리는 눈가에 이윽고 들어오는 설악산
쪼그라든 장대비 틈타 모락모락 피어나는 물안개
주름치마로 펼쳐지는 봉우리에 휘둥그레지는 눈

불덩이 태양 대장간 무쇠처럼 봉우리 한껏 달군 뒤
한바탕 비 퍼부으니 담금질 봉우리 온몸 피어오르
는 물안개
산이라고 왜 무덥지 않았으리
멀리 산꼭대기 계곡 찾기 성화가 난 물줄기들
봉우리 쩍 가르며 수직 폭포로 떨어지네

흔들바위 오르는 길 철철 계곡물 가로지르다 몸도
흔들
산 오르기 질색하던 귀염둥이 막내 녀석
투정도 없이 성큼성큼 산길 오르는데
발갛게 달아오른 얼굴에 송골송골 맺히는 땀방울

졸참나무 잎새 맺힌 이슬보다 영롱해라

흔들바위 앞 주춤하던 마음 다시 추스려 오른 울산
바위
금강산 닿지 못한 울분 안으로 새기다
그만 속은 갈래갈래 쪼개지고 온몸 하늘 향해 뒤틀
리니
가파른 계단 후들거리는 다리로 오른 이들
비바람이 깎아놓은 절경에 숨 멎은 채 탄성만 아아!
차라리 금강에 닿았더라면 어찌 이런 사랑 받으랴
설악은 하늘이 그대에게 내려준 천생연분 안식처

변산 월명암 2

2008. 08. 24

밤새 퍼부은 비 흠뻑 들이킨 전나무
흥에 겨워 뿜어내는 향기 내소사 자욱 깔리고
그 향기 취한 물줄기 갑갑했던 계곡 뛰쳐나와 산길
적시네

쉬이 감을 다투지 않는다는 물줄기도
그만 직소바위 깎아지른 벼랑에선 앞 다퉈 몸 날리니
계곡 뒤흔들며 백색 선혈 뿜어내기 세 차례
삼단폭포 장엄미에 넋 빼앗기고 말문 닫힌 순간
물살은 거친 숨 거두고 잔잔한 호수에 넘실넘실

한 뼘 바위틈 뿌리 내려 근근이 자라 온 소나무
소금기 머금은 바닷바람에 솔방울 날려
발아래 돌 틈 어린 생명 싹 틔웠네
기름진 옥토에 떨궈주지 못한 안타까움
바람에 제 몸 흔들어
아기소나무 행여 더울세라 식혀주는 모정

봉래산 올라 멀리 서해 바라보니
젖무덤 봉긋한 봉우리 넘실넘실
막아선 바다에 체념할 듯도 하련만
다시 꿈틀 바다 건너 뭉게구름처럼 또 펼쳐지는
봉우리

월명암 대웅전 뒤덮은 먹구름
잠시 방심한 사이 삐죽 얼굴 내민 노란 반달
칠흑어둠 뚫고 대웅전 환하게 비추니
연좌에 앉으신 부처님 미소에 다시 떠오르는 달

남해 금산 보리암

2008. 08. 18

남해 푸른 바다 그림자 길게 드리운 금산
비단 휘감은 귀공자 몸매로 쪽 곧은 바위산
아들 딸 잘 되기 빈다며
귀밑 땀 뚝뚝 떨구며 오르는 아내

짙은 안개 오르는 길 가로 막아
어디쯤 올랐을까 숨도 갑갑, 발걸음도 묵직한데
신기루처럼 나타난 두 개 동굴문
쌍무지개처럼 신비로와 쌍홍문
속세와 천계를 가르는 문 지나자
안개에 묻어오는 보리암 염불소리 '관세음보살'

파르라니 머리 깎은 비구니 부처님께 머리 조아릴 때
자그만 어깨 위로 수북이 내려앉는 안개
살며시 대웅전 들어가 엎드리려 하니
몸보다 먼저 마루에 떨어지는 이마의 땀방울

한려수도 굽어보며 빙그레 웃으시는 해수 관음상
바다가 일으킨 안개도 보살께 바치는 공양
"보살이여 안개에 쌓인 바다 진면목은 무엇입니까?
사부대중아! 안개는 네 마음속에 끼인 것이니라"

설악에서 별 따는 소년들

2008. 08. 01

하늘 올라 별 따고 싶은 소년들
설악의 바위 오른다

촘촘한 바위 병풍 가랑이 비집고
수직으로 떨어지는 폭포
세상 그리웠던 밤하늘 은하수
설악에 와서는 물보라로 나부끼네

거꾸로 처박히지만 나도 하늘 오르고 싶어
못 이룰 꿈 이름에 새긴 토왕성 폭포 거슬러
하늘 오르는 길
'별을 따는 소년들'이라 어여쁜 이름 지어주고는
생명 허공에 널어놓고 깎아지른 바위 오르네

바위 틈새 피어 난 에델바이스
나도 하늘에 별 되고 싶어라
물 한 방울 흙 한 점 없는 바위 틈

하늘 그리워, 별 그리워 '그리움 둘'
기약 없는 꿈 바래고 바래
마침내 한 송이 흰 별로 피었네

장마철 북한산

2009. 07. 18

쉼 없이 퍼붓는 장대비에
온몸 흠뻑 젖은 북한산
내딛는 걸음걸음 물컹 전해오는
포식자의 나른함

갈라진 등짝 터진 근육 헤집고
이 골 저 골 우렁우렁
가슴 덕지덕지 따개비로 붙은 욕망
흐물흐물 녹여내는 물소리

물먹은 나뭇가지 휘청거리는 나뭇잎
온 산 할퀴는 바람
삶의 웅덩이 켜켜이 쌓인 쓰레기
통째 날려 버리는 바람소리

우비 속 파고드는 빗방울
주춤주춤 흘러 온 세월의 각질

벅벅 씻어내는 빗줄기

뒤엉켜 분간할 수 없는
물소리, 빗소리, 바람소리에
가던 발걸음 멈추자
어느새 활짝 열린 땀구멍 숨구멍 귓구멍

내 몸 뚝뚝 떨어지는 땀방울소리
거칠게 터져 나오는 숨소리마저
모두 삼켜버리는 빗소리에
세상 모든 소리는 어느덧 하나
북한산이 벌여놓은 한바탕 씻김굿
환호하는 나무와 꽃잎 틈 어물쩍 어울려
덩달아 환생하는 몸

산죽과 아카시나무

2010. 09. 04

그늘진 숲 한구석
야윈 허리 휘청거리는 몸뚱이
무대 소품처럼 살아가는 어린 산죽은
늘씬한 프리마돈나 아카시나무가 부러웠네

어린 산죽 비추는 햇살은
아카시나무 실컷 먹고
흘려주는 자투리 햇살
잎 적시는 빗방울은
아카시나무 손때 탄
묵은 빗방울

주눅 든 어린 산죽 시무룩 잠든 여름 밤
온몸 후려치는 채찍 바람에 번쩍 눈 떠보니
사방에서 비명 지르는 아카시나무
허리 부러지고 내장 쏟아지고
뿌리째 뽑혀 고꾸라지는 아비규환

부들부들 떨리는 몸 서로 엮어
이 악물고 버티니 밝아 오는 아침
사방에 흥건한 아카시나무 선혈 뚫고
머리 위로 쏟아지는 햇살

생애 가장 순결한 햇살

어린 벚나무

2010. 09. 07

지난여름
비싼 수업료 내고
태어나 처음 철학을 배웠네

하루 종일 붙박여 있는 내게
산들바람 감질났는데
이악스런 태풍 휘몰아치니
롤러코스트를 타는 짜릿한 기분
온몸 멍들고 살점 뚝뚝 떨어져 나갈 때
사디스트의 쾌감

그러다 허리 우두둑
발목까지 부러지고 사경을 헤매던 기억 가물가물
이제 목발 세 개나 짚고
후들후들 일어서 곰곰 생각하니

수백 년 살아온 내 조상들
굵은 몸통 이룬 것은
그저 미지근한 햇살 느적느적 부는 바람
부슬부슬 내리는 빗방울

나무 그늘

2010. 08. 10

사람들은 얼굴에 드리운 어둠
그늘이라 하지만 내 그늘은 달라요
더위에 지친 뭍짐승, 길짐승, 사람도 품어주는 곳
나는 오늘도 온갖 그늘 준비하고 그대를 기다려요
마로니에, 오동나무 큼직한 잎이 드리운 넉넉한 그늘
소나무 촘촘한 바늘잎이 드리운 섬세한 그늘
내 몸 깊숙한 곳 온갖 잎들이
곰비임비 쌓여 만든 두툼한 그늘
밝음과 어둠의 경계 걸쳐있는
손 끝 어린 잎 홀로 만든 엷은 그늘
어두운 밝음에서 밝은 어둠까지 모두 갖췄는데
사람들 왜 섬뜩한 기계 바람 속에만 갇혀있나요
상큼한 바람 새들의 노래도 준비했는데
사람들 왜 후끈한 선풍기 바람 앞에만 앉아있나요

박경리 대하소설 土地를 읽는 것은
세상을 살아가는
치열함을 배우는 것입니다
(전 21권 양장본)

토지와 함께 울고 웃던 시간 동안
다시 한 번 대한민국 사람임을 느꼈습니다.
파란만장한 그들의 삶 속에서
다시 한 번 나를 찾는 여행을 떠납니다.
대한민국 민족소설 土地
내 가슴에 가장 큰 대한민국을 선물합니다.

- 전권 21권 세트판매 (각권 9,800원, 낱권으로도 사실 수 있습니다)
- 세트구입시 등장인물 600여 명을 정리한 토지인물사전을 증정합니다.